LIANGSA QINGCHUN
JING BONIAN

U0508582

靓飒青春敬搏年

著

中国华侨出版社

·北京·

图书在版编目（CIP）数据

两卅青春敬搏年 / 郜天明著.—北京：中国华侨
出版社, 2024.7
ISBN 978-7-5113-9175-9

Ⅰ.①两… Ⅱ.①郜… Ⅲ.①诗集－中国－当代
Ⅳ.①I227

中国国家版本馆CIP数据核字（2023）第242119号

两卅青春敬搏年

著　　者：	郜天明
出 版 人：	杨伯勋
责任编辑：	肖贵平
封面设计：	瞬美文化
版式设计：	浪波湾图文工作室
经　　销：	新华书店
开　　本：	710毫米×1000毫米　　1/16开　　印张：13.5　　字数：126千字
印　　刷：	河北朗祥印刷有限公司
版　　次：	2024年7月第1版
印　　次：	2024年7月第1次印刷
书　　号：	ISBN 978-7-5113-9175-9
定　　价：	68.00元

中国华侨出版社　　北京市朝阳区西坝河东里77号楼底商5号　　邮编：100028
发行部：（010）64443051　　传　真：（010）64439708
网　址：www.oveaschin.com　　E-mail：oveaschin@sina.com

如发现印装质量问题，影响阅读，请与印刷厂联系调换。

前言

　　这是我在六十岁的时候出版的第一本书，是一本诗集，书名叫《两卅青春敬搏年》。为什么要取这样一个书名呢？原因有二：第一，今年是我的花甲之年，我今年刚好六十岁。我认为，人的一生中，0~30岁这三十年，是他身体成长的青春期；31~60岁这三十年，是他事业成长的青春期。两个三十年正好是六十年。第二，我自己苦苦奋斗四十多年，竟连一首（篇）作品也没有发表，失败至极，无以言表。也只能是在花甲之年出版一本诗集，向自己的身体和事业的青春期，问一声好；向自己努力奋斗了四十多年的艰苦的文学创作历程表达一下敬意！

　　值此诗集出版之际，现就我四十多年的创作感悟和大家做个交流。如有不妥之处，还望大家批评指正！

　　搞创作，首先要忍得了孤独，耐得住寂寞。艺术虽来自人民、源自生活，但要想把它回馈给人民，使人民乐于接受；回馈给生活，让生活更加绚烂，那可不是件容易的事。这是因为，每个人的生活，属于小众性质；而大众生活，是由全体人民共同谱写的，属于大众范畴。你要把小众的感受，升华为大众的接受，凭什么？我想，总不能单凭经验，或者说是技巧吧！主要还是得靠能够真正深入群众、融入时代；能够真正吃得了苦、受得了罪；能够常常换位思考；能够常常虚心请教。古人常说："台上一分钟，台下十年功。"可以想象，一个艺人，为了这台上"一分钟"的成功，得经受台下多少个寂寞的"十年"；为了这台上"一分钟"的掌声雷动，得承受台下多少个孤独的"十年"。

经过四十多年的风雨兼程，作为一名名不见经传的创作者，我深知搞创作的艰苦。它不是有一张书桌、一张纸和一支笔就可以完成的。它还需要有一颗心，一颗愿意为人民和时代高歌的心；一颗被辛苦浸润而更加忠诚的心；一颗被汗水净化了的对人民和时代感恩的心。

经过四十多年的艰苦创作，我深深体会到：创作不是锦衣玉食，只有含辛茹苦；创作没有嫦娥奔月那般浪漫，而是比唐僧西行还要艰辛。应该说，艰辛是每位文人的必修课，寂寞和孤独是每位创作者的亲密爱人。古话说得好："文章千古事，辛苦自家知。"在文学创作这个神圣领域内，我也只是个打工仔和农民工。

最后，我就用诗集中《无奈的我们》（此诗是步唐伯虎《言志》诗原韵而写的）这首诗作为结束语吧！

善念存心胜佛禅，甘拿汗水润粮田。

闲来写写诗词赋，慰藉平生值万钱。

目录

第一章　盛世中华

第二章　文人天地

第三章　人生咏叹

第四章　四季如歌

第五章　生活万象

第六章　心中萌宠

第七章　人物写真

第八章　真挚爱情

第九章　游子情怀

第十章　别样红楼

第一章
盛世中华

盛世从何而来？盛世是一个国家或民族在正确的
道路上，经过几代人的不懈努力和奋斗的结果。
盛世来之不易，盛世值得歌颂。而我，愿用诗歌
为盛世点赞！

五星红旗（二首）

其一

仰首高扬救世虹，农奴戟上挑狼虫。

波掀万丈推舟启，浪涌千帆映日红。

其二

新风涌起图强浪，古韵携来救国涛。

亿万神州心向党，中华大地满香桃。

为三北防护林工程建设者而作

苦浸流沙春数度，甘拿汗血镇尘风。

谁言北国荒凉地？茂盛粮棉亿万丛。

公仆颂（新韵）

仕旅通途脚印直，常思百姓苦操持。

清风两袖凭人指，正气一身壮胆识。

城市夜景

霓虹闪烁醉飞萤，万紫千红缀画屏。

溢彩流光荣远色，车灯扫落满天星。

港珠澳大桥

浪挂云霞踏火轮，油门一脚共曦晨。

龙腾海市惊鱼跃，蟒越星河镇阙神。

桥

浪涌波翻两岸中，云霞满地跨西东。

千车唤起天公舞，抖落星辰挂彩虹。

夜幕下的立交桥

踏破崎岖战路遥，通途似锦苦相邀。

余晖落日天边挂，胁下星辰耀九霄。

为我国第一颗人造地球卫星发射成功五十二周年而作

银河渡口把天巡，廿卅双春励万民。

乘月抒怀吟北斗，游天举酒咏星辰。

和平礼赞（新韵）

青山绿水射金光，短巷长街闪靓妆。

雀唱枝头埋马乱，花红叶翠葬兵荒。

坐高铁

心仪所盼喜扬眉，电掣风驰快作为。

最是前方心向往，情思早已入门楣。

为我国载人航天首次登上太空而作

赴会嫦娥续旧缘，劈波斩浪绣花妍。

千秋百代疑难事，盛世中华撼动天。

第二章
文人天地 _____

文人之所以成为文人，是因为他们对人生和生活的感悟有着理性而准确的定位和感性而形象的介入。他们心中既有矢志报国的家国情怀，也有柔情似水的爱意缠绵；既有愤世嫉俗的超脱个性，也有入乡随俗的忘我陶醉；他们时而敬仰冲天的大雁，时而追逐嬉戏的鱼蛙；他们虽年少而显得老成，他们虽年老而散发着童心。他们总是饮着狭义的苦，创造着广义的美。这就是文人，我愿为之而歌！

古文人的追求

诗书立世汗荣春，赴仕方能暖众民。

竭虑殚精尘覆体，粗衣布褂裹凡身。

古人夜读

风摇陋室落星光，土炕盘身裹破裳。

夜半油灯昏又暗，披衣和月润衷肠。

题青蛙漫画组

汗灌秧禾翠叶生，星稀月朗画农耕。

苍茫大地因何爱？只对乡民最有情。

夜读人（二首）

其一

埋头伏案研经苦，不惧诗山伴烛征。

自古书河多曲折，胸中有岸志高宏。

其二

灯光四溢暖围屏，辛苦遭逢渡纬经。

瀚海肩头悬冷月，书山臂上挂金星。

古文人

烛映窗寒诗长魄，灯荣笔热赋生魂。

难为五斗填肠米，舍弃尊严附爵门。

诗人（五首）

其一

冷月拥书忘断薪，寒窗夜读守清贫。

经年苦累油灯暗，点亮朝阳暖倦身。

其二

伏桌熬完长昼热，昏灯映照夜孤寒。

牵肠挂肚民间苦，沥血劳心仕旅难。

其三

中兴幻想绣芳芬，路远山高累断筋。

废寝修为研古训，忘饥常习好诗文。

其四

云淡风轻终不济，无银只有疏亲朋。

书山道险心生泪，艺海涛汹血沸腾。

其五

诗书万卷盖双丫，为报苍生纸上爬。

夜雪凌寒身裹被，晨风刺骨剪灯花。

无奈的我们
——读唐伯虎《言志》诗有感并步其原韵而作

善念存心胜佛禅，甘拿汗水润粮田。

闲来写写诗词赋，慰藉平生值万钱。

夜读

古韵今文似水长，招魂动魄沁心房。

神游瀚海窗前坐，蜡炬成灰见曙光。

艺人歌（二首）

其一

烛摇窗影战通宵，曙扫星稀已是朝。

筑梦痴情诗曲画，沧桑岁月鼓笙箫。

其二

星垂月落苦凝思，挑蜡和衣把被披。

感悟情真肥胆识，催生意切醉心痴。

读陆游《示儿》诗有感（二首）

其一

体居天南心在北，孤身只影泣边陲。

衰翁苦意随鸿去，杖指江花示众儿。

其二

骨肉亲情遭猎杀，隔江遥望泪花垂。

难安寝食常忧北，老泪横流苦示儿。

古耕者家中祉福图

一碗稀粥一炷香，只求檐下满堆粮。

慈心叩拜西王母，善目求情圣玉皇。

商女辩

——读杜牧《泊秦淮》反其意而作

谁人愿唱后庭花，只为饥寒和小娃。

仕卒贪生谋厚禄，悲音示警应该夸。

李清照如是说

时艰纸醉几时休？国破家亡为国忧。

怎奈权衡私利重，卑奴欲语泪先流。

古人送别

折柳随风来日远，遥期再会目光寒。

凄凉卷雪埋归路，异域缠心泪埋单。

观古装剧有感于古人送别

垂眉扭脸步艰难，泪眼轻声整服冠。

不尽相思心口挂，凄风沥雨拍身寒。

读王维《少年行》有感

抖落星辰扛在肩，甘抛热血向天悬。

安邦定国心头记，一往无前最少年。

为什么
——读杜牧《泊秦淮》有感

兵来将往敛金沙，社稷苍生不是家。

酷吏掏空民脂血，却嫌商女唱残花。

刘邦的忧国情怀
——改刘邦的《大风歌》而作

雄风气贯伟名扬，一统中原未忘乡。

为让汉旗终不倒，安邦壮士在何方？

有感于陆游与唐琬的凄美爱情故事（四首）

其一

难为母命休唐琬，为爱牺牲弃陆游。

最是无情天地孝，惊魂动魄痛千秋。

其二

意切情深被长侵，凄凉唱和发悲音。

肝肠寸断相思苦，泪似珍珠痛在心。

其三

青梅竹马意缠绵，浪恶风狂雨似烟。

莫道离愁能放下，关心锁目泪涟涟。

其四

对面凝神心绞痛，悲歌唱和泪相迎。

愁思别绪《钗头凤》，道尽人间离苦情。

读《岳飞传》有感（三首）

其一

柳绿难为飞石恶，花红怎可耐冰霜。

青山只有生忠骨，硕果才能溢四方。

其二

怒发冲冠情激烈，何时复我旧山河。

高擎雪耻三杯酒，立马横刀写壮歌。

其三

胸存怒火难违旨，叩首苍天把福祈。

铁骨精忠浑报国，谗言血溅满征衣。

观除夕春晚（二首）（新韵）

其一

华灯璀璨似天宫，亿万神州唱颂风。

共创中华飞彩舞，忠心谱就庆年丰。

其二

缤纷五彩万家欢，辞旧迎新喜气添。

数载温馨含奉献，祝福永久化诗篇。

观模特大赛

千花竞秀勾魂魄，佳丽 T 台着盛装。

媚眼明眸迷醉客，轻扇羽翼舞霓裳。

读《水浒传》有感于宋江和方腊之战

摧枯破朽两凡身，崇尚公平铁臂抡。

异口同流流鹬蚌，残阳血照照来春。

读史感怀

埋头苦干遭邪戏，赤胆忠心被腐凌。

蚁穴钻堤掀巨坝，单枝独叶系衰兴。

留守女人怨
——读王昌龄《闺怨》有感并依其原韵而作

孤灯伴月起烦愁，寂寞挠心苦满楼。

柳下鸳鸯闲戏水，稀稠热炕胜封侯。

观春节晚会有感

童颜逗乐满头霜，锦瑟悠扬秀汉唐。

为使千家歌涌动，台前幕后众人忙。

读书感悟

家道辛寒风满屋，投亲靠友几多家？

时艰备受他人厌，失意催生两鬓花。

第三章
人生咏叹 _____

每个人都是一部小小的历史，每个人都有一番属
于自己的天地。世界之大，无奇不有；人口众多，
形态各异。谁都无权左右别人的生活，谁都有权
追求属于自己的生活。人们应该学会和平共处、
理解包容。每个人有每个人的行为准则，每个人
有每个人的生活方式，不可强求。诗人的职责就
是：用相同的颜料，描绘出别样的虹彩，以慰藉
读者。

咏《义勇军进行曲》

国难当头吹号角，驱狼猎豹集千丁。

旗红尽染三军烈，聚义招贤唱不停。

公仆赞

热血流光忘己身，霜寒夜黑济柴薪。

一身正气坚心志，两袖清风掸垢尘。

元宵夜观灯展

烟花璀璨跃长空，喜凤翱翔挂彩虹。

点点繁星星向北，圆圆朗月月升东。

观照咏庐山瀑布

仙娥醉卧落长袍，巧手缝春缀李桃。

地涌裙裳飞蝶彩，天垂领带卷云涛。

咏柳（二首）

其一

媚眼纤腰剪黛眉，黄鹂入住舞跟随。

东风细雨常相伴，致谢苍生把首垂。

其二

春光灿烂压枝低，燕雀蜂虫干上啼。

勿忘知章书碧绿，常吟杜甫唱黄鹂。

咏梅（五首）

其一

雪映仙姿似火红，群蜂拥扑饮香浓。

轻摇权摆翩跹舞，浩荡春风亿万重。

其二

抖落残衣把首抬，摇枝吐蕾喜开怀。

乘风破浪寻春去，戴绿穿红踏雪来。

其三

冰天雪地吐春芽，命运之光放彩霞。

恶浪狂飞旗未动，星星之火暖天涯。

其四

涂红曙色尽朝晖，踏破天寒唤雁归。

笑傲冰封平雪浪，千枝竞秀着芳菲。

其五

轻舒仙体雪中飞，敢向苍穹立翠微。

不畏天寒生紫气，长风破浪化春晖。

咏高粱（二首）

其一

翠叶摇风频摆首，馨香醉雀忘回家。

云红点染星星火，日赤描生片片霞。

其二

天高雁影挂苍穹，疑是孙猴闯帝宫。

浪卷云霞红似火，清风拂面醉年丰。

咏竹（二首）

其一

叶细茎纤心弃我，枝清节傲脉坚贞。

风吹雨打芳容劲，浪恶潮狂始长成。

其二

崖悬抹翠嵌多娇，壁峭涂青入碧霄。

不负东风量地阔，心仪鹄雁丈天辽。

咏太阳

老衲凡心最喜公，无私给予写年丰。

江山锦绣谁为主？造福苍生我做东！

咏种子

前身化史颂成名，下世常青汗作情。

重压催生将夙愿，忠心饮苦绣生平。

咏菊（三首）

其一

气爽天高辞雁去，云青地广伴红枫。

坚贞踏破西风烈，傲立千山日丽中。

其二

历夏经春任露寒，霜天傲骨压荷兰。

只蜂孤蝶轻轻舞，喝醉虹霞染翠峦。

其三

嫩蕾娇花开遍地，风残雨恶似长鞭。

心中有苦同谁诉？直把衷肠暖百川。

金秋咏

万顷高粱长满坡，千村稻谷闪金波。

琼楼玉宇嫦娥舞，唱出乡民富裕歌。

咏山

云生胯下送鸿归，耸入参天尽显巍。

卧虎藏龙添锦绣，花香鸟语着芳菲。

咏长城（二首）

其一

漫道雄关臂揽云，仙娥舞袖摆红裙。

高登远望秋枫艳，一队天鸿闪赤昕。

其二

长防外寇时时扰，众志成城处处堙。

莫道边关多秀丽，忠心片片化凡身。

喜爱读诗的人（四首）

其一

昏灯被下掀书响，直压冬寒到夜深。

苦读骚歌如烤火，常拿曲赋暖身心。

其二

告别爹娘进学堂，温书习礼造心良。

频思乐府如饥渴，看见诗文喜欲狂。

其三

风干汗褂苦奔忙，雨洗粗衣为俗肠。

小弱凡胎多坎坷，佳诗为汝御寒霜。

其四

悦耳书声映烛光，绵绵意境着新妆。

休言汗渍非黏涩，实是诗思像蜜糖。

无人居住的农家院落

紧锁家门已数年，离乡背井为楼钱。

春生浅草开新地，雪压松枝战寒天。

劝人珍惜歌
——有感于婚姻配对成功的概率

红绳百里只双头，莫让相知伴泪流。

织女牛郎修万世，难能共枕一春秋。

人生杂感

高楼大厦手中求，铁臂抡圆汗水稠。

万众推崇千里马，谁人敬仰老黄牛？

为人曲

投胎立世好为人，意在纯真甘守贫。

岂可坑他求己乐，辛勤厚道化良辰。

有感于资本对艺术的蚕食

学识清心租陋室，金钱暖手建高坛。

何其创作从资本，版式常常被币蚕。

人性的拷问

糊口家私只剩耙，含羞待客薯生芽。

西风进屋飘寒雨，还有谁来就菊花。

礼赞青春

云霞伴雁舞长空，浪卷花香育彩虹。

自古勤劳求奉献，而今勇敢恋英雄。

人性杂感（新韵）

闲来无事是非搬，总向尘俗举教鞭。

为爱心甘求下嫁，他人道路用儿监。

成功人士

追随梦想把身投，饿体劳筋数度秋。

业就功成谁砥柱？辛勤汗水作中流。

事业强人（新韵）

雄心壮志食风雨，大任天垂饮炸雷。

发展甘心挨百炼，成功必定受千锤。

劝仕歌

清风两袖国繁荣，正气环身万众生。

诱惑迷心迷本志，贪财毁誉毁前程。

无题（四首）

其一

心骑虹彩把天摩，笑傲人生立碧波。

不惧狂风涛浪涌，飞鸿展翅压星河。

其二

虹云朵朵竞开颜，彩凤盘旋越过天。

院外鹂鸣摇翠柳，池中燕雀戏荷莲。

其三

长空万里任鸿翱，碧海苍茫涌浪涛。

拍岸蛟龙凭水阔，凌云彩凤战山高。

其四

雪打红梅数度春，寒来暑往度风尘。

忠蚕到死情依旧，翠柏逢冬照样新。

婚恋论

勤俭持家是本真，辛勤付出有柴薪。

何求钓得金龟婿，宦海风残更压人。

豪门怨女

婚姻不是镀功名，淡饭粗茶才共荣。

夜半三更多寂寞，空床彻骨意难平。

苹果（二首）

其一

千层翠绿见山高，万朵虹霞赤浪飘。

雁阵携风邀客至，秋香四溢满今朝。

其二

晴空万里日飘红，喜鹊高歌醉碧丛。

翠叶扶风香四射，枝头笑脸照苍穹。

伞（二首）（新韵）

其一

街头巷尾遍花仙，暑雨何能碍步姗。

愿保行人方寸地，甘将傲骨护君安。

其二

满道飘行红绿紫，熙熙攘攘舞轻风。

虹云蔽日从天降，挡雨亭篷就地升。

火柴（四首）

其一

依依不舍别亲人，一道金光照世尘。

点亮他山明大义，驱寒供暖为成仁。

其二

与世无争住冷宫，填埋寂寞会红枫。

单枪匹马军前列，热血青春写剧终。

其三

貌不惊人一小民，兢兢业业战风尘。

追求给予单枪出，立世前行已献身。

其四

点赞相思用手划，纯情似火放金花。

虔诚献上浓浓爱，映亮天边淡淡霞。

梅

醉卧冰封君莫弃，疏枝淡影雪藏踪。

春摇倦雀墙头叫，吵醒寒苞吐锦容。

橡皮擦

凡夫走笔香腮痣，苦舔疵痕把首垂。

容易修平无意错，却难改正有心为。

梨花（三首）

其一

艳压群芳品貌娇，香潮万里把春邀。

轻风化作相思雨，蕾落红尘雪尚飘。

其二

东风涌浪千山秀，漫野春光照雁归。

蕊自芬芳缠蝶绕，馨香四溢引蜂围。

其三

崇山点缀满亭芳，蝶恋幽香燕觅乡。

不染红尘清似雪，青春靓丽裹银装。

草帽歌（二首）

其一

泥身汗体伴虫蛙，总把禾田当作家。

貌丑心良非相帽，遮阳挡雨胜乌纱。

其二

风狂雨猛断枝干，日烈温高捧满箪。

吾辈生来无索取，甘拿弱体保民安。

笔（四首）（新韵）

其一

忠心耿耿定安邦，沥血描红满域疆。

使命担当肩上落，初心不忘写华章。

其二

灯昏日亮画长空，手巧心诚织纬经。

甘用身躯铺栈道，坚贞化作苦行僧。

其三

坡高岭峻立风帆，万担千钧跃上肩。

智慧无涯尖落纸，书山有路杆擎天。

其四

三言两语荣心境，百炼千锤振万军。

致敬灵魂芯里话，催人奋进最强音。

蜡烛（四首）

其一

落入红尘体已残，明光辉映泛青丹。

成仁舍己心头热，取义担当伴夜寒。

其二

燃情似火照君行，忘我精魂为汝生。

奉献身躯明道路，心肝化泪亮途程。

其三

为使诗书续百篇，惜时和累举长鞭。

虔诚济世身心碎，指点花红漫过天。

其四

独善其身御黑侵，平生为汝赚光阴。

灯台立命擎天柱，点亮相思泪满襟。

斑竹（新韵）

披山翠色燕缠欢，喜鹊登枝笑满天。

不尽相思情入画，昔时雨迹锈成斑。

白云

轻风载雁送花篮，鹊驾祥云绣蔚蓝。

万舰同驰荣海北，千帆共进翠天南。

智能手机（新韵）

频繁购物像银行，维系亲朋唠日常。

微信传情通六路，抖音言趣送八方。

桃树

雀叫蜂鸣花怒放，天青日红果荣枝。

袭人香气谁先觉？耀眼芳容令汝痴。

山楂花

巷尾街头四处栽，新芽嫩蕾向阳开。

休言素白违春意，来日方长醉赤腮。

小麦（四首）

其一

飞鸿报喜入云端，灿若金滩燕雀欢。

笑醉三山荣盛世，香飘五岳慰民安。

其二

生存不畏弱身纤，漫卷春潮舞绣帘。

雨打风残凭己苦，含霜饮雪为他甜。

其三

天酬万众把心安，百里香飘叶已残。

雨暴风狂坚本色，歌欢语笑满餐盘。

其四

傲雪凌霜青广野，春风带雨翠长川。

谁言寸草身纤小，给予苍生大于天。

题照黄果树瀑布

万丈绫罗青着色，缝成领带系胸前。

垂涎沃土千花秀，跃上霞梯入九天。

二月兰（三首）

其一

猪拱羊残苦幸存，生来倔强泪无痕。

形微貌丑无人喜，却为归春劈出门。

其二

携雨随风铺满屯，邀来百草沐朝暾。

才伸淡蕾招春至，早有群蜂挤进门。

其三

探头山谷布春风，立命渠沟暖蝶虫。

踏破冰霜生淡彩，携来雨露育年丰。

谷子（二首）

其一

三秋苦累压弯枝，济世苍生我独慈。

舍己长留精气在，躬身谢幕醉心痴。

其二

风寒日烈坚心志，万苦千辛献义仁。

挽手慈怀情与共，虔诚济世累躬身。

粉笔

行踪挂壁失征袍，舍己传经我独豪。

奉献身躯荣学子，无私灌溉育香桃。

高粱自述（二首）

其一

谁拿己体供稀稠？涩汗生香把众酬。

蝶落高枝迎雁舞，一盘红米醉鸝鸥。

其二

凡身养足亿多丁，味道甘醇保国宁。

日照胸襟红似火，风缠瘦骨为山青。

水稻

村前小溪悦蛙鸣，稼穑飘香满郭城。

燕舞鱼翔波影醉，长风雀跃笑相迎。

烛光

生来就有爱书情，奉献身躯笑语盈。

为报相知荣夜色，欢愉做伴到天明。

沙尘暴（新韵）

黑手邪妖起恶风，天昏地暗大山崩。

枝飘叶落飞尘土，卷涌狂沙漫碧空。

煤油灯

日落抬头战五更，临窗伴月映平生。

心怀闪亮甘为弟，总把阳光比作兄。

辘轳

腰圆臂细转心枢，未动金莲百脚途。

为使他人饥渴解，甘缠自己满身箍。

同志歌

三山五岳隔篱笆，地北天南是一家。

携手同行何所至？殚精竭虑壮中华。

劝学歌

青春亦老岁难偿，短短人生路漫长。

踏浪银河需好铁，扬波大海必良钢。

登山有感（新韵）

脚下青山日照初，霞光涌浪满江铺。

春潮洗面千花艳，遍地红枫万里姝。

中国人（新韵）

驱涛破浪战风高，勇立潮头跃九霄。

万代文明承血脉，芳华盛世看今朝。

共勉歌（二首）

其一

万里途程令汝驰，扬鞭策马待何时？

前方道路多凶险，壮士同谋举战旗。

其二

相逢就是有情缘，同道齐登万里船。

共赴人生多彩路，衷心互助甩长鞭。

十月颂歌（四首）

其一

红枫映日白云飘，灿烂星河挂九霄。

历史唯能朝远走，安民大厦建今朝。

其二

风摇稻穗闪金辉，浪涌红枫似彩帏。

雁阵冲天安日月，凌云壮志造腾飞。

其三

气爽秋高大雁归，枝头硕果溢金辉。

虹云衬日蓝天阔，翠柏迎风彩凤飞。

其四

映日长空遍野黄，风摇艳果溢浓香。

天蓝雁过云霞乐，玉米高粱挂满墙。

为人歌（新韵）

心生美景勇奔驰，博爱人和有价值。

友善才能居地利，知恩必报感天时。

惜时歌

流星踏焰难回返，月落阳升蕊易凋。

雁去秋来年又近，繁霜直把鬓丝浇。

推磨

履破强推数万轮，衣单碾碎月霜晨。

钱疏怎雇图钱鬼，命运难为苦命人。

观下象棋有感

抛家别祖赴前沿，老帅奢求仕相全。

马炮同心携起手，车兵结义共扬鞭。

在外思家

无提客舍在何方，醉梦时常是故乡。

水复山重家可好？天涯海角只当床。

好家风

爹娘为汝累身昏，给予平生饱和温。

负重前行怜二老，含辛茹苦教儿孙。

赠友人并与之共勉

昏沉旅舍斟杯水，对坐观诗话语无。

十号相逢缘可贵，蓝天万里映征途。

朋友（新韵）

相知彼此脑藏伊，有难同担把掌击。

对酒当歌情尽兴，欢声笑语话今昔。

生活（三首）

其一

灶火油烟入榜单，欢声笑语乐翻天。

生存是道鸿门宴，水苦汤酸锻志坚。

其二

油盐酱醋溅衣肢，碌碌忙忙哪是期？

力竭精疲为益友，心烦体累做良师。

其三

打夏耕春补屋檐，生儿孝老两相兼。

劳繁历尽千般苦，鬓白赢来个中甜。

观《包青天》有感（三首）

其一

帮民请命把头昂，自律清廉日子长。

利欲钻心锥刺股，功名进脑首悬梁。

其二

执印洁身光手脚，钱名岂可两相兼。

天垂大任劳心苦，重担扛肩累骨甜。

其三

为官就是打勤佣，最喜民跟步脚踪。

万苦亲尝何附凤，千难勇进忌攀龙。

上班族（新韵）

朝八晚六一条线，大事微情论必须。

恳恳勤勤图乐业，欢欢喜喜好安居。

服中药

凡身肉体被邪侵，速派汤君把寇擒。

配水一杯仍苦口，安康之后乃甜心。

劝菊（二首）

其一

霜寒露重饮西风，勿羡桃花居正宫。

莫若蜂儿情意寡，黄巢也愧弃前功。

其二

体弱偏遭寒带雨，生来自古几多冤。

黄巢有负为青帝，汝却香飘越壁垣。

元宵节自拍

人潮自拍祝亲朋，喜逗雄狮舞彩绫。

月下亭前观焰火，街头巷尾赏花灯。

勇敢的人

明知远路险无疆，抖落肩头满鬓霜。

雁引千帆齐并进，春风万里嫁花香。

陪孙辈观动漫有感

贯注全神追动漫，情迷入境喜摩挲。

摇头晃脑陪孙笑，该找谁分你我他。

陪孙辈观《熊出没》系列剧有感

家园不幸遭磨难，大二争当好仔男。

护卫生灵平敌寇，孩童哪个不熊三。

孙儿吟

孙儿嬉闹把身光，左手香肠右手枪。

最喜人娃亲手指，调皮耍赖惯爬床。

陪孙子打游戏

爷孙对决笑声连，四目缠留画面前。

慢手花瞳难敌少，精神却似返儿年。

屡遭不公的人

辛勤付出被邪侵，努力营生落板砧。

对酒当歌歌哽咽，倾情唱曲曲锥心。

推碾子（二首）

其一

暑酷冬寒衣浸汗，三更正午碾红籼。

童孙耍赖缠推杆，吊臂悬身笑满天。

其二

热浪披身裸赤肩，精疲力竭足如铅。

长年四季奔波苦，泪血连心脚画圆。

清官吟

登科入仕当妻奁，忠孝当头补草帘。

玉彻雕栏花再好，何如自搭矮茅檐。

第四章
四季如歌 _____

"一陂春水绕花身，花影妖娆各占春。"这是宋代诗人王安石的诗句。人一出生，便与四季结下了不解之缘。沐浴春暖花开，见证蝉鸣麦香，陶醉果红谷黄，手捧雪花欢畅。一年四季，四季一年。

四季歌

梅红踏雪立山巅，胜火骄阳似纸鸢。

落叶离枝心有泪，风寒孕蕾暖春天。

春雨（三首）

其一

缀绿描红一信徒，祥云戏燕对天呼。

情丝散落桃花捧，柳絮摇风穿锦珠。

其二

为破残冰忘换装，随风带梦返家乡。

携来一曲童声唱，扮靓繁花五谷香。

其三

露洗尘沙润九州，鹂衔柳叶展歌喉。
晓看轻风披碧翠，千山鸟沸拍黄牛。

春日喜雨

百尺金龙耀角鳞，滋荣翠草撒珠银。
绵情打落桃花瓣，喜入根怀孕吉辰。

咏春（三首）

其一

二月东风画笔新，桃红柳绿盛无垠。
千山李杏招蜂立，万里莺啼化吉辰。

其二

桃香四溢满园栽，喜鹊登枝做唱台。

雁阵沿标寻故里，梨花捧雨敬春来。

其三

群娃赶学醒公鸡，黑脸农夫套铁犁。

雪压青枝梅已暖，东风笑看燕衔泥。

咏春天（二首）

其一

霜寒露重裹新芽，一束朝阳旷野划。

踏雪迎春春未觉，随风访杏杏生霞。

其二

桃香遍野启笙箫，雁舞鸿飞跃九霄。

赤杏荣春春意闹，东风剪柳柳丝飘。

咏春歌（四首）

其一

红梅破雪扩篱笆，野草萌花放彩霞。

谁使飞鸿冲汉阙？虹云朵朵挂天涯。

其二

飞花曼舞缀衣襟，扑面馨香醉瑟琴。

点染芳芬惊雁落，轻波映日惹鱼沉。

其三

灿烂梅桃赤满山，情人醉客笑登攀。

层林尽染飞鸿落，万里梧桐引凤还。

其四

二月东风绣彩袍，花招雁队任天高。

游河赤鹳铺虹浪，出殿青鸾布碧涛。

春晓咏

彻夜凌寒再裹纱，多回梦里响琵琶。

一轮残月东边挂，提起朝阳暖杏花。

早春颂歌

弯河一溜滚东风，跃上山腰戏小童。

雪压青松难抑绿，蜂缠苦蕊落梅红。

早春赋梅

梦醒轻扬妆五彩，赤焰生辉挂满枝。

踏破冰封迎蝶唱，孤身傲雪战霜欺。

早春观景

朝晖洗树生霞雾，结伴观山立小桥。

二月东风吹雪尽，花繁更待蝶来摇。

早春二月

桃红点点暖东篱，柳絮丝丝拂稚鹂。

大雁行行冲汉阙，云霞朵朵满花池。

晚春瑞雪

草长莺飞醉暮春，冬仙不忘润枝新。

忧担玉席遭人踩，幸得繁花托妾身。

晚春图

最是阳春三月天，少衣短袖老穿棉。

东风阵阵吹花落，细雨绵绵逗燕旋。

春之声（新韵）

嫩蕾招蜂号角吹，新芽吐绿把春追。

莺歌燕舞金鱼跃，柳绿花红雁北归。

春之约

绿柳青杨卷帐帷，清香四溢沁心扉。

风摇嫩蕾蜂儿舞，水碧天蓝照雁归。

春风（新韵）

东方破晓倚栏杆，采蜜群蜂舞蕾间。

雁列长空凭宇阔，花香漫卷万重山。

春（三首）

其一

千山日丽杜鹃啼，万水风和大雁齐。

李杏招蜂争艳媚，桃香细雨洗新犁。

其二

莺歌燕舞越乡关，蝶舞蜂鸣广宇间。

雪压红梅开不止，东风二月翠群山。

其三

翠柳随风梅起舞，桃梨李杏搭歌台。

群蜂越过千山界，遍采香花送蜜来。

春意（新韵）

振翅鸿鹄冲汉阙，春风得意马蹄疾。

新芽吐蕾香飘远，蜂恋千花喜赴席。

新春颂歌

红梅戏雪燕登台，香涌群蜂驶进来。

淡淡云飘飞燕起，葱葱碧翠李桃开。

迎春曲

拂去疲痕褪旧裳，清身洁体换新装。

东风有意荣枯草，赠予桃花万里香。

漫步春天（五首）

其一

翠柳轻摇甩嫩条，蜂来蝶往舞姿娆。

梨桃吐蕊香青殿，李杏花开醉碧霄。

其二

燕叫东篱院壁红，追蛾扑蝶笑惊风。

桃花绽放阳光下，喜鹊吟歌树杈中。

其三

雪化冰消青草色，轻弹翠柳唱情音。

春光浪漫花争艳，万紫千红涌我心。

其四

日暖虫鱼涌破冰，群蜂跳跃把枝登。

云霞舞彩千帆竞，浪拍飞虹万舰腾。

其五

川青地绿舞东风，雀跃虫鸣醉小童。

万水千山搭水榭，漫山遍野映山红。

春景

松青柏翠东风早，李艳梅香出寺亭。

片片茶花花似海，同飞大雁雁如星。

春韵

青帝遣来万朵花，馨香四溢映红霞。

春潮带雨芳菲盛，燕子衔泥喜筑家。

踏春曲（四首）

其一

雀跃莺飞耀四方，山青水绿醉桃香。

躬身采朵红花戴，竟让蜂儿把我伤。

其二

群鸥拍浪推波涌，翠柳亭前彩舞娆。

学步孩童追鸟雀，欢愉父母笑弯腰。

其三

蜂盘艳蕊梢头闹，李杏凭香把蝶邀。

雀跃高枝巢上吼，春潮尽翠百花娇。

其四

寸草生辉入早朝，芳菲二月雪冰消。

红花满地谁人使？正见春风奏玉箫。

春日掠影

冰消雪化翠梅松，李赤桃香宴蜜蜂。

海燕随风飞向北，花红尽处雁留踪。

春讯

梅枝傲雪破冰封，嫩蕾新花敬蜜蜂。

忽现虹云铺满地，千红万紫沁心胸。

春归图

风摩面暖舒纤手，点染花红岂用刀？

雀跃桃丛摇瓣落，黄鹂戏柳荡丝绦。

夏日游

避暑乡间游故地，驱舟兴尽忘黄昏。

残荷吻雨惊鹧雀，赤鲤腾空画拱痕。

夏日图

燕戏莲荷入画图，光环绝代压仙姝。

风吹草伏惊山雀，扑翅低旋护小雏。

夏日吟

水秀山清景色浓，清风送爽慰心胸。

闲来信步莲池畔，采朵荷花敬蜜蜂。

夏日观景

天蓝壁峭挂红杉，丽日和风沐翠岩。

漫步林荫观绝顶，鹧鸥戏燕驾云帆。

夏日暴雨

乌云蔽日孩童脸，最是枝青六月天。

雨挂梢头生雾气，雷悬半壁吐岚烟。

夏天的雨（八首）

其一

为报前生滴水恩，今朝化露润庭门。

犹如去日相思泪，才感温存已满盆。

其二

云翻雾卷漫城屯，百尺金龙舞角鳞。

远弃高天来大地，荣花润草永留春。

其三

甘霖摆柳戏黄鹂，海燕翻云稻麦怡。

境顺千花循地利，人和万果敬天时。

其四

山风挂树枝摇鹊，海燕翻云画黛纹。

草喜花欢情济世，长虹气贯更芳芬。

其五

燕驾乌云雾越篱，天风四起小儿嬉。

青枝翠叶妖娆舞，沥水漂泡舰挂旗。

其六

风摇树晃燕飞低，土卷黄云日落西。

稻黍蔫枯求解渴，甘霖济世满苗畦。

其七

云裳雨翼压枝头，海燕低飞蛙展喉。

雷电窗前禾上挂，红花吐艳把天酬。

其八

羊嘶狗叫心难寐，天挂金龙把魄惊。

夜半谁敲窗户响？狂风骤雨压蛙声。

夏日游河（二首）

其一

南风摆柳吹芦晃，海燕低旋拍翠莲。

野鸭寻欢钻水底，衔条赤鲤做琼筵。

其二

轻风送爽消烦暑，邀约亲朋兴荡舟。

走进残阳观碧海，红霞万朵戏群鸥。

夏日赋

摇杨荡柳满河船，拂面南风浸雨绵。

燕驾花红游厚地，鸿乘麦浪逐高天。

夏

映日飞鸿入斗星，蜻蜓点水醉荷萍。

蜂鸣蝶绕夸花赤，燕舞莺歌笑果青。

夏游小河

追蛾跃涧溅身泥，误入芦丛惊雀啼。

采朵红花衔嘴上，折枝翠柳戏黄鹂。

入夏赋

燕驾南风奏玉箫，荷摇细雨柳枝飘。

声声布谷长长唱，赤臂畦田汗水浇。

仲夏吟（二首）

其一

芹青麦熟满禾田，翠柳扶风拨管弦。

蛙跃莲池吹号角，鱼翔碧海说丰年。

其二

桃红杏赤悦香腮，燕舞莺歌醉唱台。

鹊雁排排天上挂，虹云朵朵向阳开。

三伏天

烈日骄阳似火烹，焦人热浪惹蝉鸣。

清风手捧芭蕉扇，给予苍生好兴情。

秋（三首）

其一

西风跃阵高粱赤，绿浪潮头稻穗黄。

雁阵酬天追宇阔，枫红谢地卷云裳。

其二

瓜甜果脆域苍茫，四野三山万担粮。

云淡天高愉鸟语，清风送爽醉花香。

其三

蛙声贺岁小桥东，雀戏高枝挂果红。

遍地黄花香四野，红枫醉雁树摇风。

秋思
——改元·马致远《天净沙·秋思》而作

枯藤老树叫昏鸦，古道桥边人数家。

夕照西风吹马瘦，思人泪水漫天涯。

秋风

本性调皮吹叶落，生来喜舞爱箫笙。

流连五谷为常客，采朵黄花送雁行。

秋雨（四首）（新韵）

其一

天阶访客动真情，泪洒山河洗翠橙。

细雨随风敲叶落，拿来厚纸贴窗棂。

其二

墨岭白河入画中，青松翠柏舞轻风。

足量古道寻亭宇，手举莲荷听雨声。

其三

细雨如丝天地连，西风送爽润菊繁。

怜情惜爱相思泪，洒向凡尘化作泉。

其四

雁去菊开遍地瓜，乌云卷浪燕回家。

随风细雨轻轻落，溅到门窗浅浅花。

秋赋

轻风细雨洗苍穹，抖落残云日更红。

稻唱三秋歌富足，蛙声一片庆年丰。

秋色赋

橙黄果赤满山丘，五谷飘香醉九州。

鹤入残阳枫一叶，东篱把酒敬豪秋。

秋颂

雁队穿云腾五岳，蛟龙戏水溅云霞。

冲天香浸重阳日，采菊东篱俩胖娃。

秋色

云淡花黄满郭城，西风摆柳醉芦笙。

天高鹊叫随鸿跃，壁赤枫红伴鹿鸣。

秋之颂歌

采菊东篱顶笸箩，轻挥袂袖唱情歌。

山含富足枫冲浪，水蕴丰腴鸭戏波。

秋日枫林

卷地秋风舞赤鸢，犹如夕照满山巅。

繁华盛世邀谁庆？握手黄花共并肩。

金秋咏

万顷高粱长满坡，千村稻谷闪金波。

琼楼玉宇嫦娥舞，唱出乡民富裕歌。

雪中梅

狂风卷雪覆馨巢，雀鸟凄鸣颤树梢。

弄舞新枝求待放，轻摇嫩蕾吐香苞。

雪（二首）

其一

寒冬腊月喜花开，曼舞轻歌上唱台。

洒洒洋洋铺大地，勤勤恳恳送春来。

其二

云低昼暗风铺地，刺骨寒潮雾满天。

想起行人吟片片，常温杜甫应然然。

第五章
生活万象

生活就像一首歌，有高音也有低音；生活就像一道茶，有苦涩也有甘甜；生活就像一场接力赛，总会出现许多意外。我们的生活应该是：用心走好每一段路，把生活过得五彩斑斓。

雨后儿嬉

甘霖夜洗千山树，鸟唱花繁翠碧晨。

土脸孩童招伙伴，和泥照影捏泥人。

观山景

翠绿丛中挂碧泉，清风拂面舞翩跹。

谁言雨后花凋谢？不尽红霞织满天。

林中古刹

千年古柳掩亭楼，万顷花香挂彩绸。

曲径通幽山色翠，长河落日水长流。

山（十首）（新韵）

其一

苍鹰戏雁日如鸢，万仞峰尖捅破天。

五彩红霞悬壁挂，云飞鹤唱半崖间。

其二

雄风万丈向天嗨，日映鲜花遍地开。

雁跃鸿飞惊四野，红枫翠柳倚云栽。

其三

臂揽虹云气势宽，藏龙卧虎把邦安。

挥毫荡柳描青翠，点染花红醉九天。

其四

耸入苍穹雁犯难，青龙绕树苦盘旋。

胸前万朵香花艳，背后千丛野草繁。

其五

家国兴盛勇担当，广阔胸襟养四方。

手创前川金宝地，足量后谷米粮仓。

其六

满腹经纶气宇轩，垂枝硕果耀乡关。

轻风送爽飞鸿舞，跃上红霞告慰天。

其七

千丝绿柳涌云端，万束红花挂宇边。

巨首雄躯怀大地，英姿铁骨护苍天。

其八

清风雁阵映天蓝，五彩云飞卷巨澜。

布谷歌吟风雨后，群蜂舞蹈落胸前。

其九

雄鹰展翅向高冲，骏马飞蹄阔步登。

瀑布垂天悬万紫，朝阳落地挂千红。

其十

耸入青云鹤雁旋，花明柳绿挂清泉。

天蓝引凤崖前绕，地宝招凰壁上缠。

雪夜游

偎柳轻歌扰落鸦，千藤万树缀梨花。

寒潮劈脸心生刺，盼暖方知感念家。

登山（二首）

其一

通幽曲径望无垠，菊海花繁亮彩裙。

欲上天河观击水，嫦娥摆酒赠祥云。

其二

登临峭壁入花帘，欲上青天踮脚尖。

仰望鸿飞常远瞩，凝观雁跃必高瞻。

山中篝火

日落杨梢挂晚霞，迷途大漠唱琵琶。

红龙舔黑歌声远，烈焰平寒溅火花。

瞻城隍庙（二首）

其一

信步巡回瞻祖先，情思雀跃落书笺。

丹心谱写中华盛，甘化琴筝一柱弦。

其二

灿烂群星举秀旗，尊神重义苦操持。

无香弟子来参拜，愿献心中一首诗。

观地图

一幅牵肠经纬网，分成四色不同方。

条条碧水怀鱼鸭，座座青山孕果粮。

观日出

晓月牵来一抹红，群星让路返天宫。

霞光尽染千山矮，紫气轻描万里枫。

路

越岭翻山壁有涯，心怀鹄雁把天划。

甘将地上潺潺水，化作云端片片霞。

山河（新韵）

青峰峭立耸云层，水阔鸥翔戏彩篷。

翠柏摇风凭虎跃，荷花映日任龙腾。

小河

晨风送爽满天霞，李杏轻摇十里花。

幸有莲荷听雨响，愉蛙悦鸭喜鱼虾。

山论

亲临五岳入楼亭，远上三山越纬经。

万树花开繁毓秀，千藤竞翠示钟灵。

秋日游山（二首）

其一

垂柳荡雀小桥东，涧溪飞悬挂树丛。

艳果欢歌香漫卷，红枫载舞鹊摇风。

其二

群游峡谷采蔷薇，手捧香花对伴挥。

碧透穹空山顶挂，一轮红日照鸿归。

晨起观海

一轮红日飘双影，万顷狂涛拍峭岩。

欲驾飞舟蹚大海，长风破浪挂云帆。

观海杂感

飞禽万种似千军，异类如何画际垠？

碧海清波浮倩影，朝阳托凤镀虹云。

天坛回音壁抒怀（二首）

其一

心诚致远致诚心，琴瑟荣情荣瑟琴。

脚步从容从步脚，音回赞颂赞回音。

其二

普普通通一面墙，熙熙攘攘上前量。

明心正体修心志，万众褒扬为众忙。

下河捉鱼

回乡避暑休长假，喜趁晨风入涧沟。

手掐红鱼遥示众，污涂满脸像泥鳅。

挖野菜

多年喜好下田丛，野菜肥篮境不同。

昔日充饥今美食，沧桑历尽写兴隆。

爬树掏鸟窝

屏气消声用手扪，攀枝附干把巢掀。

唯图尽兴寻欢乐，哪管鸠儿泣血痕？

桃树林

海燕凌空鸟筑巢，芬芳济世笑含苞。

花香蕊艳蜂儿往，彩凤寻家落树梢。

乡村庙会

闲游庙会觅心邀，鱼贯人流立小桥。

众里寻她随倩影，回眸醉目涌春潮。

乡音小唱

甜风拂面心头醉，踏雪寻梅返故园。

不觉春来枝上跃，农家小院正花繁。

农村饭市

街头靠树排成溜，巷尾倚墙坐一团。

地北天南调五味，家长里短就三餐。

农家小院（十首）

其一

浓妆自拍甩丝绸，曼舞轻歌倚翠楼。

燕子盘旋忙筑屋，花香醉雀叫枝头。

其二

倚树欢言教小孩，花丛膝下笑颜开。

轻摇翠叶惊飞鸟，稚嫩书声出院来。

其三

乘凉仰望广寒奇，对面嫦娥令我痴。

欲上青天疯两把，家中烟火是拉丝。

其四

灯花映桌摁棋枰，笑语欢歌布车兵。

淡淡星河多妩媚，浓浓月影满门楣。

其五

闲来树下拍流萤，惊起寒蝉撞北亭。

仰望天宫观玉兔，轻罗小扇数繁星。

其六

细雨随风潜入夜，晨曦跃树雀联歌。

童孙嬉闹骑红马，奶奶躬身把仔驮。

其七

清风乐涌响琵琶，戏荡秋千挂树丫。

杏蕾颊垂红粉露，蜂摇曙日贴窗花。

其八

调皮小女赖爹娘，喜插红花叩拜堂。

艳果高枝香四溢，红霞满院气芬芳。

其九

秋阳烁艳画枫红，耍赖童孙系斗篷。

非要拜堂同把酒，欢声笑语共临风。

其十

余霞落日庭前贴，喜约清风赏翠兰。

朗月涂银同把酒，星辰闪烁共言欢。

桃花赋

雪地冰天搭唱台，翩跹起舞染红腮。

东风夜雨香飘过，映日群蜂拥进来。

麦浪

清风摆柳映苍黄，燕雀欢腾着盛裳。

万道金光随浪涌，千重喜色溢醇香。

野草自述（二首）

其一

无缘跃上仙名册，丑陋招人数度讥。

劫后余生留本性，还来为地绣新衣。

其二

生来我就无人识，蝶去虫来不落霞。

淡影丝丝荣地角，清香缕缕漫天涯。

初春登山观日出有感（二首）

其一

东风扫落枝头雪，蓓蕾披霞剪盛装。

点染花红繁笔墨，催生李杏孕芬芳。

其二

东方破晓苍龙舞，焰赤天青挂彩虹。

万舰腾云掀巨浪，千帆戏水踏长风。

为一棵枯树重生而作

昔年烟火致其殇，雨露今多润肺肠。

老树生花花五彩，新枝挂果果飘香。

元宵赏月

繁星闪烁惹孙欢，欲跃天河托玉栏。

一束烟花惊宿鸟，家家树上结银盘。

月夜思（四首）

其一

漫步河边垂柳下，追寻昔日鹊之巢。

清风扫落儿时忆，对影银盘挂树梢。

其二

八月秋风似巨舟，携来万果育千州。

谁言月色凉如水？玉兔嫦娥醉翠楼。

其三

依杨伴柳轻抬足，碎语闲言觅旧踪。

月夜风摇花影淡，星稀露重果香浓。

其四

翠柳枝头挂月明，蛙鸣鸟唱醉流萤。

相知若可长相伴，携手今生万世情。

山行

月涌西风峰已近，征人夜半宿谁家？

欣闻一曲渔舟晚，却见窗飘暗烛花。

七夕畅想（十首）

其一

夕照余晖溢四方，虹桥水榭著华章。

嫦娥玉兔亲书信，摆宴邀仙返故乡。

其二

轻波万里闪银光，逐浪飞舟载满香。

拍岸惊涛催梦醒，忙乘画舫会爹娘。

其三

钟情一望涌狂潮，万丈波涛奏玉箫。

若要回归还趁早，乘云可跨九重霄。

其四

一根红线系姻缘，万里河山莫过天。

展眼跟前流水阔，心中早已上飞船。

其五

千花万鹊铺桥石，织女牛郎跨大河。

欲览天宫寻"玉兔"，回归故土找"嫦娥"。

其六

鸳鸯戏水舞轻风，鹊凤高飞搭彩虹。

故土千年常梦见，中华锦绣访"天宫"。

其七

离乡背井泪横流，故老至亲几度愁。

千载昏眠今醒悟，归途万里入"神州"。

其八

月桂凡尘分两界，门当户对几时休？

真情若是拿钱买，织女何能看上牛。

其九

香腮片片落莲荷，媚眼长长醉浪波。

漫顶洪峰涛拍岸，只因泪水灌银河。

其十

牛女相思放纸鸢，传情何不托荷莲。

潮平两岸惊飞鹊，朵朵云霞伴月圆。

中秋望月（二首）
——联想到几个有趣的词牌名而作

其一

欲赴天宫上碧霄，嫦娥玉兔苦相邀。

高歌一曲《清平乐》，漫步银河《望海潮》。

其二

嫦娥应悔服仙丹，别祖离宗跨玉栏。

寂寞长弹《青玉案》，烛光孤影《锁寒窗》。

秋日登山遐思

淡花衰草任枯凋，只有黄花慰寂寥。

大雁辞行方恨别，何时大地涌春潮？

致台湾同胞（二首）

其一

亲情骨肉脉相连，未改肤音归意坚。

万舰奔腾齐铸路，千帆竞发向团圆。

其二

破晓晨光映赤梅，春花灿烂雁飞回。

亲情脉动同时跳，一统宏图把汝催。

寄语台湾（新韵）

离家远走苦漂泊，共创繁华待几何？

勿忘前身啥姓氏，心中血脉是中国！

银河遐思

奋楫长河渡域遥，掀波踏浪丈疆辽。

腾云不畏途程远，加入星辰耀九霄。

牛郎织女的情绪

寂寞飘零奈几何，逢年过节访嫦娥。

晓风残月催人醒，趁此驱舟返渭河。

中秋望月思（二首）

其一

焚香对月满餐盘，云淡风轻伴夜寒。

剪烛西窗思远道，何时细语倚凭栏？

其二

当空皓月扫乌云，牛女巡河秀彩裙。

楼主嫦娥伸拇指，真情赞爱发全群。

七夕观星月遐思

九万里扶摇荡月，三千丈汉阙波掀。

吴刚伐桂枝铺渡，玉兔携嫦娥返辕。

登山观日出遐想

东方欲晓撒红丹，月主嫦娥别广寒。

故里山河今更美，乡亲摆酒共联欢。

元宵节赏月遐想

绚烂烟花满郭栽，月圆云淡桂花开。

嫦娥已悔心高远，弃爱遗情泪满腮。

第六章
心中萌宠

每种动物都有它的可爱之处。或善于展翅于蓝天，
或善于畅游于水中。这都是它们与生俱来的特性。
动物，各有各的俏丽模样；动物，各有各的有趣
灵魂。人们都应该记住，动物是用来宠的。而我，
愿用诗来宠它们。

连燕子都知道

逐雁凌空不足夸，欢愉幸福是凡家。

随春一起辞王谢，进住篱开豆角花。

燕子

雨涌虹云醉万花，拂堤杨柳舞姿斜。

儿时旧路寻王谢，住入当今百姓家。

咏海燕

飞姿似箭遭鱼羡，拍水扬波越柳冠。

展翅潮头掀浪朵，胸怀大海入云端。

海燕

穿云越汉向天歌，勇立潮头跨大河。

跃上苍穹掀巨浪，风狂雨暴敢扬波。

天鹅

冲天奋羽牵霞出，直教群星紧皱眉。

只影孤声谁尽识？微身踏浪溅云帷。

咏天鹅（二首）

其一

逐日冲天画域辽，轻扇两翼谱春潮。

甘将赤胆镶星汉，愿把豪情嵌碧霄。

其二

万里长空千道彩，虹霞浪涌满宫池。

银光点点迷人眼，正是吾心奋起时。

咏蜂儿

振翅垂头立蕊尖，来来往往累腰纤。

衣风饮露求何得？爽悦他人己也甜。

咏蜂

冰封锁梦缠新翅，万里征途意欲萌。

待到春来花满地，轻纱漫卷起芳程。

蜂（二首）

其一

勤勤恳恳把花帮，碌碌忙忙湿羽裳。

五岳三山留背影，辛劳汗水酿精粮。

其二

风寒日烈累长随，甜蜜他人把己亏。

劳作一生无索取，千辛历尽是何为？

春日最早飞出的蜜蜂

眯眼垂眉走出家，酥身醉体沐春霞。

呼来友伴枝头立，笑看怀中满院花。

雁（新韵）

山高水远洗风尘，振翅凌云喜路垠。

万里途程何所觅？平生只爱写一人。

雁赋

白雪纷纷落满冈，梅花朵朵暖朝阳。

谁来将汝轻摇醒？二月春风蕊正香。

鸿雁（新韵）

白云伴舞耀金星，日映流光挂彩灯。

展翅苍穹轻破浪，翱翔广宇喜乘风。

大雁

冲天入汉势如雷，踏浪长空勇夺魁。

万里星云迎客远，千山赤叶送君回。

观雁阵有感

翼下生风凭路远，平生夙愿入云巅。

腾云激起千重浪，敢把豪情挂上天。

梦大雁

展翅星河摘贡桃，邀莺请雀爽为豪。

生来不怕西风烈，敢向苍穹立碧涛。

问喜鹊（五首）

其一

翘尾扬眉落树丫，飞传喜讯叫喳喳。

他人配对心头乐，自个良缘在哪家？

其二

浩瀚天河满是礁，躬身献翼化为桥。

神仙眷侣人皆赞，幸福何曾把汝招？

其三

牛郎织女相思苦，汝献身躯化鹊桥。

对岸仙花飞满地，君何不去赶春潮？

其四

乐此不疲当说客，何时食满自家茅？

良辰美景他人过，哪比驱鸠居旧巢。

其五

俯首缠枝惊叶落，风摇翘尾拨琴弦。

频将喜报传千里，是否收来跑腿钱？

喜鹊吟

衷情赞爱谱成诗，祝福良缘发刊词。

乐报欢歌欢笑盛，频传喜讯喜登枝。

小蝌蚪
——看《小蝌蚪找妈妈》有感

摇头摆尾莲旁闹，羡慕鱼虾有母跟。

碰到群蛙随问祖？难为照己苦寻根。

咏萤火虫（二首）

其一

轻扇羽翼撼丝绦，戏引蚊蛾把气淘。

闪闪荧光平夜黑，星星火点战风高。

其二

风缠翠柳苇开喉，雅淡荧光溪涧游。

小弱身躯心在顶，甘平夜黑赶潮头。

咏马

背负千山越埂畦，拉行万里恨天低。

寒星照碾霜晨落，重远轩辕破铁蹄。

羊羔吟

生来母爱好慈祥，最喜娇儿称霸王。

为报天恩长跪乳，虔诚致谢写心良。

猫

捣蛋调皮隐草茅，腾身扑鼠获佳肴。

缠烦老母跟前绕，雀鸟飞临蹿树梢。

龙赋

涌动春潮冰雪融，桃花万里亮苍穹。

平生夙愿今何在？锦绣中华现彩虹。

咏鸭

扬波蹿底域无疆，逐浪摇莲任我航。

足食丰衣翔浅底，春江水暖用身量。

小白兔

心仪一片红萝卜，带口拖家弃祖同。

远上广寒遭寂寞，常怀悔意恨天宫。

宠物

赖缠来客倚身旁，脚后跟前惹主忙。

几载烦神常挂肚，一时无影也牵肠。

咏乌鸦

巢中吻母喜磨牙，背上行舟把首划。

长大方知生养苦，还恩反哺醉红霞。

第七章
人物写真

在广宇苍穹中，生活着数不清的人。而在这些人中，样貌百分之百相同者几乎没有。这既给画像者提出了挑战，也给画像者提供了机遇。我不是画家，不会画画。可我总想给我的偶像画张像，所以就想到了诗。这些人中，既有古代名人，也有现代的普通劳动者。现将这些画像呈现给读者，至于画得像与不像，还请读者朋友自鉴！

咏唐僧（六首）

其一

衣风裹雪枕寒星，野果填肠足不停。

意踏泥潭修佛道，心平坎坷理真经。

其二

金禅转世世惊呆，怪兽妖魔扑上台。

志比高山尘迹绝，心如止水任他来。

其三

跨过深潭又越山，寒来暑往几多艰。

心中自有神灵在，不得真经誓不还。

其四

风萧颤魄忍辞銮，重托如山未下鞍。

泪血生花荣足后，书生意气佑平安。

其五

戴月披星宿露尘，修心沥胆望成仁。

民非幸福羞谈志，国不芳华愧做人。

其六

心怀佛道条条顺，褪去私情路路通。

国有祥和千草翠，邦无祸乱百花红。

咏李煜

咏曲吟词忘却家，江山社稷是伤疤。

亡邦苦楚千腔泪，冲出肠心碰掉牙。

咏陆游（二首）

其一

兴邦脉动气如雷，学士修为品貌瑰。

胯丈三山甘踏雪，足量五岳苦寻梅。

其二

山河破碎心如绞，紫禁城衙弃抗之。

吾辈无缘奔战场，九州同庆靠童儿。

咏白居易

盛世京华唤后生，男儿志远立殊荣。

长安米贵栖何易？野火催春翠万城。

咏战争年代的八路军第三五九旅

光头赤臂立山巅，汗洗锄锹晒黑肩。

只为前方能胜敌，青纱帐里乐开天。

咏项羽

横刀立马挽长弓，手到擒来斩众雄。

不识刘邦烧栈计，轻心大意愧江东。

咏刘邦

息鼓垂旗假不还，强兵富域倚青山。

明修栈道迷西楚，暗度陈仓破险关。

咏曹操

壮志豪情落笔端，生逢乱世立征鞍。

东临碣石书虹彩，一代枭雄胆识宽。

咏曹植（二首）

其一

面对甄宓难启齿，悲声奋笔敞心扉。

悉知兄长情思切，怎忍亲人竟互违。

其二

御寇驱狼手挽弓，华章绣口世人崇。

宓妃爱汝仁心重，唯有含悲地下逢。

137

咏诸葛亮

披肝沥胆为兴邦，放眼春潮涌大江。

盛世雄浑惊四海，运筹帷幄望花窗。

咏辛弃疾（四首）

其一

堕落当朝醉乐音，词人愤恨苦寒心。

相思夜放花千树，入梦中原好抗金。

其二

收还故土系衷肠，怒恨投降占道王。

壮士胸怀天下事，朝堂苟利济私囊。

其三

立马横刀救众民，何妨战火惧成仁。

心封志士无归路，热血喷来洗己身。

其四

挥刀舞剑染旗红，飒爽英姿似彩虹。

铁马狂驰迎盗寇，金戈在手缚苍龙。

咏岳飞（二首）（新韵）

其一

驰骋疆场战苍狼，奋勇诛敌血满裳。

也许成为别世咒，青山落泪漫钱塘。

其二

铁马金戈倚峭岩，挥刀舞剑守家园。

亲民宁可千金碎，不为私心保瓦全。

咏医务工作者（二首）

其一

神明自若笑相迎，问讯凝思化热情。

一意艰辛驱疾患，全心致力助人行。

其二

瘟情泛滥必亲征，勿忘初心本是兵。

大疫当头谁保佑？白衣天使护苍生。

咏吉鸿昌将军

挥戈抗盗挺双肩，炮染山川后世妍。

纵死犹生腾热血，豪情铁骨慰长天。

咏志愿者

红衣闪耀汗曾谙，巷尾街头百事参。

愿守辛劳坚守愿，甘心苦累我心甘。

咏八路军、新四军将士

山河破碎挺腰肩，抗日烽火起百川。

血肉甘抛荣沃土，驱狼灭盗换新天。

咏红军战士

披蓑裹草胜征袍，赤脚光头抡大刀。

万里山河鲜血染，九州何处不香桃。

咏航天员（二首）

其一

英姿勃发把天巡，挑战人先乐为民。

汉阙涛汹何所惧，腾云万里探星辰。

其二

曾经沧海绣旗红，喜驾飞舟访月宫。

愿接嫦娥归故里，鲜花掌声满苍穹。

致扶贫工作队

田间汗水浸衣襟，病老床前愧意深。

众志擎天书壮志，丹心济世谱仁心。

致青年突击队（新韵）

天寒地冻汗沾襟，日烈风狂到夜深。

奉献无私情聚力，鞠躬尽瘁爱凝心。

致敬共产党人（二首）

其一

千钧重任勇担当，济世匡民侠骨香。

砥砺前行书盛世，忠心赤胆写华章。

其二

四海三江汇鹄鹏，千难万险共飞腾。

豪情献给家园盛，壮志长存伟业兴。

致敬江姐

虔诚救国挺凡身，取义成仁暖众民。

铁骨柔情抛血肉，红岩映雪喜迎春。

致敬青年朋友（二首）

其一

鲲鹏展翅踏青霄，汗染凡身赶海潮。

意欲登高云上坐，需先化鹊搭长桥。

其二

成才备受寒霜打，精彩人生苦作天。

手捧艰辛强咽泪，心甘汗血洒长川。

致革命先烈

从戎掷笔出家门，弹雨枪林护国魂。

野旷天低飞远雁，唯留正气满乾坤。

致敬漂流长江第一人尧茂书（二首）

其一

驱舟卅日披虹彩，击水三千踏巨澜。

影远帆孤惊上帝，情留碧海嵌山峦。

其二

万翠丛中处处家，难酬壮志殒金沙。

天青岸碧红霞艳，跃上云霄挂浪花。

致敬打工人

辛寒苦累湿毛巾，誓为家人买到春。

展眼跟前山路远，躬身赤臂沥心神。

致敬一心为儿孙奋斗的老人

儿孙逐雁耸云天，父母如蚕丝尽捐。

美酒交杯青粉笑，谁怜瘦骨被衣单？

致敬保险公司员工（二首）

其一

联亲访友启朱唇，业绩缠身口水频。

拜佛央神多历苦，求爷告奶几经辛。

其二

滚滚人潮寻客户，街头巷尾觅商机。

家门一出成孙辈，换得杯中水一匙。

致敬打工者

离乡背井盼佳音，汗洗身容苦累深。

客舍凄凉家道远，陈年旧信暖人心。

致敬农民工（二首）

其一

辛劳苦作不修衣，汗水流干待遇微。

莫道才学根底浅，难违运气总无归。

其二

星稀月淡汗沾襟，雨打风吹苦累深。

寄客天涯栖客舍，他乡梦里说乡音。

致敬农民

膀背抡圆腿脚伸，锄桑打夏汗无垠。

经年苦累额头见，日晒风吹为众人。

致敬民工

生存所迫上山坡，只为稀稠满大锅。

汗洗一年嫌聚少，辛劳四季苦离多。

悯农

夏日熏蒸汗洗巾，冬寒冻足断柴薪。

肠空肚饿衣单薄，惜苦怜贫叹李绅。

个体户老板

员工对面装狮虎，客户跟前像蝶蚊。

士卒身先求立足，劳心沥血苦耕耘。

画皮
——耻辱柱上的和珅

嬉皮笑脸遮原色，背后身前两面人。

为欲残民填欲望，心无百姓罪无垠。

自画像（六首）

其一

雨暴风狂独上坡，飞鸿展翅喜迎波。

三千里浪坚心志，六十华年唱国歌。

其二

学海无涯伴烛燃，和衣裹被访前贤。

书山旅苦披星月，两卅青春敬搏年。

其三

风寒刺骨裹巾纱，湿气盈窗结满花。

冷蕊荣春吾自笑，幽香独伴我芳华。

其四

挽袖提缨一小兵，甘平逆旅几多坑。

愚人济世心头立，苦浸繁程六十庚。

其五

西窗对月谱经纶，购物才知己最贫。

脊直方能生傲骨，腰弯实属负千钧。

其六

立志成人腰板直，千凶万险握双拳。

途程坎坷难酬愿，信念随心步向前。

第八章
真挚爱情

从古至今，无论是在现实生活中，还是在文学作品中，爱情，始终是一个说不清、道不明，剪不断、理还乱的话题。其中的缠绵悱恻，其中的酸甜苦辣，只能靠自己去体会、去品尝。在这里，我只能说，它枝繁叶茂，它花香果艳。它既是人们津津乐道的一道茶，又是人们如痴如醉的一杯酒。细品吧！我的读者朋友！

示爱

钟情刻上孔明灯，寄给嫦娥证永恒。

甘守平凡相互敬，余生牵手看阳升。

爱之词（二首）

其一

对眼东施丑也褒，相濡以沫比天高。

莲花并蒂心相合，戏水鸳鸯共波涛。

其二

意动眸回连脉动，春心荡漾醉情缘。

千年铁树花开盛，万寿蟠桃载满船。

缘（二首）（新韵）

其一

流连小溪树缠藤，忘返花丛对面侬。

二目欢欣言海誓，一心喜悦话山盟。

其二

红男绿女满舟船，水复山重一线牵。

为爱相陪天地久，情思绽放共婵娟。

暗恋之苦

笑眼相随醉本心，勾魂摄魄乐其音。

难为被拒容颜扫，转向星辰对月吟。

爱（四首）

其一

三秋夜昼苦相思，咫尺天涯念不离。

对眼惊魂连脉动，羞颜闭目笑花痴。

其二

山重水复恋能平，厚地高天日月明。

戏水鸳鸯同破浪，凌云彩凤共前行。

其三

红莲并蒂两相生，戏水鸳鸯结伴行。

盛夏风清情惬意，寒冬取暖靠伊名。

其四

水复山重足在前，千红万紫育桃鲜。

相知不畏行程苦，挽手天涯共小船。

冬日情约

落雪狂飞淹小道，伊人到访屋生辉。

轻谈趣说离时苦，小火昏灯暖意围。

爱情说

两情相悦把缘修，锦瑟悠扬将意酬。

水复山重心共写，长风破浪愿同舟。

金婚夫妻

半世依存已忘期，真情两悦满心池。

星垂共话儿年趣，曙色披身对看时。

爱说

心仪最爱步前驱，不惧劳伤白鬓须。

所愿相投勤乐业，人和趣共两相娱。

爱论

蜂花共舞两相赢，万顷桃兰我最萌。

彩凤追凰频献媚，花前月下度同庚。

暗恋

钟情一目招人喜，从此心中生友朋。

望影思声迷醉魄，缠身念想苦烦增。

第九章
游子情怀 _____

　　古语云："异国他乡好，不如早归家。"这不仅是在外游子的深切体会，也是牵挂游子的家人的期盼。正如唐代诗人孟郊《游子吟》所说："意恐迟迟归。"其实，每位母亲都盼望出门在外的儿女能够早日回到家中，共享团圆的喜悦，共享家庭的温馨。

黄鹤楼对黄鹤的期盼

背井离乡运数微，沧桑巨变敞心扉。

波推万舰龟蛇跃，浪涌千帆盼汝归。

牛郎织女怨

小驾波涛折小舟，如今喜鹊慢如牛。

缠心蜜意分河岸，一种相思两处愁。

家

烦忧苦累本无穷，总得休心歇一通。

恶浪袭来能挡雨，寒潮汹涌好遮风。

异乡秋夜逢雨怨

狂风猛扫落鹍寡，蛙跃荷莲对浪歌。

雨送黄昏伤别绪，离愁万顷漫星河。

银河遐想（二首）

其一

星辰浩瀚浪滔天，月桂摇风驾小船。

寂寞嫦娥思故里，登舟弃舍赴团圆。

其二

冲天大雁心生义，破浪惊鸿爱照仁。

展翅苍穹扛日月，飞身汉海挂星辰。

嫦娥的情感

含悲对镜把妆梳，泪雨缠绵梦入初。

意欲扶虹归故里，亲传哭别万千书。

寄语嫦娥

云挂高枝秋色深，龙舟破浪报佳音。

谁知故里何年月？"玉兔""天宫"振众心。

月宫来信

辞离故土苦缠绵，未改乡音忆昔年。

恨别亲人情颤抖，回身悔泪盼团圆。

咏嫦娥（二首）

其一

离乡背井湿双眸，异域千年志未酬。

举酒销魂当此际，归途万里慰乡愁。

其二

娥仙永着汉丝蚕，远望家乡露愧惭。

万里天高烟火淡，双行恨泪悔贪婪。

第十章
别样红楼

《红楼梦》是一部伟大的现实主义著作。它把人物刻画得栩栩如生，把情感描写得入木三分，把故事架构得宏大秀美。如果你能走进《红楼梦》，你就走进了一个超越了时空的甜美而略带凄苦的世界。《红楼梦》之所以期盼你的穿越，是因为它的故事还远远没有结束，它盼望着你写的续集……

读《红楼梦》有感（二首）

其一

花容锁梦愿难酬，豆蔻年华伴泪流。

怨海情仇三九女，繁霜苦恨满红楼。

其二

万户侯门围铁槛，千房大院踏馒头。

残荷听雨红颜泣，落日桃花入水流。

有感于"宝黛"的凄美爱情

痴男有意常牵挂，怨女怀春置冷茶。

若是两情相与共，何为并蒂不开花？

记梦红楼（二首）

其一

漫卷裙纱知是谁？花香鸟唱动帘帷。

千红一窟千红哭，万艳同杯万艳悲。

其二

瑶池景胜群芳醉，紫府园华蕊放时。

万艳同杯人尽误，千红一窟有谁知？

咏曹雪芹（五首）

其一

披星戴月十年功，总把油灯尽耗空。

一唱雄鸡惊冷梦，衣单怎奈北边风。

其二

潦倒清贫坚信誉，奈何成败论功名。

千言苦诉三生泪，一曲红楼四纪情。

其三

摘帽扛枷运势颠，家兴族旺已徒然。

悲情唱响回身剧，后世心中胜补天。

其四

含辛茹苦枕寒风，泪打诗行自语中。

不道他年能发紫，无缘享受饿难充。

其五

一曲红楼泪血萦，岂知他日值连城。

英年早逝谁心痛？只落功垂身后名。

咏高鹗（二首）

其一

潦倒泥途四处拦，感同身受马无鞍。

红楼沥血沿题续，有料何愁怕未完。

其二

落魄辛寒半百年，雄才仅可置分田。

功名利禄随风去，悟得光明自在禅。

黛玉去世后宝玉的情感写真

相逢绝果谱难填，恨别缠心怎拨弦。

日胜三秋悲切切，年分四季泪涟涟。

咏贾宝玉（三首）
——依次步林黛玉《题帕三绝句》韵

其一

怜香惜玉把心垂，醉梦痴情知是谁。

脂粉丛中来混世，伊人受苦我伤悲。

其二

鲜花谢落我偷潸，哪堪红颜粉屋闲。

怪道男儿原废物，心怀手足泪斑斑。

其三

世务文章叶上珠，高官厚禄使人糊。

平生只要真情在，富贵荣华宁可无。

咏林黛玉（四首）

其一

上世姻缘铸梦归，今生做伴掩心扉。

悲天悯地梨花雨，化泪还恩染幔帷。

其二

春芽不畏雪封冈，嫩蕾冲天满溢香。

雅趣红颜诗意闹，花丛月下叹华章。

其三

怀春少女眷红装，爱意缠绵眼泪汪。

似水柔情偏冷艳，诗才出众压群芳。

其四

和衣卧榻搂红衾，烛暗声微叹古今。

性喜依才行任性，心忧末世泪连心。

咏薛宝钗（三首）

其一

赤带红裙巾帼楷，知书识礼显胸怀。

亲兄作恶才人灭，误嫁姨家守寡牌。

其二

靓丽红颜世事明，周全造业苦犁耕。

非凡气度人人爱，品格超群户户迎。

其三

京华盛境把名谋，满腹才情志未酬。

雪打红梅寒刺骨，繁霜怨恨苦心头。

曹雪芹对贾宝玉的情感

红尘醉梦尽疯癫，只恨无缘可补天。

不孝儿郎遭众谤，痴呆孽货我心怜。

有感于秦可卿托梦王熙凤

道义常施思进退，勤操世业保繁荣。

香尘落尽忠魂在，未雨绸缪敬后生。

咏袭人（十首）

其一

琐事缠身不出门，无暇逸致立墙根。

呆爷怪异心离谱，傻仆痴情泪满盆。

其二

为人处世最周全，友善勤劳恪守贤。

沥血丹心还感遇，平生苦累有谁怜？

其三

勤恳贤良获圣名，周全备至苦经营。

千难万阻心神累，试问何时歇眼睛？

其四

无争利好常思过，碌碌忙忙笑对疲。

重托难辞情显贵，真诚对主最心痴。

其五

苦累繁多拴手脚，门前屋后不闲娱。

疯疯傻傻无心主，业业兢兢有意奴。

其六

处世为人善意归，忠诚厚道敞心扉。

低头做事无私欲，广种和谐揽是非。

其七

顺主随心好事成，从来不齿换楼琼。

全神侍奉名头淡，主仆情深爱意浓。

其八

秉烛缝衣对月弯，怡红院舍几多艰。

寒来暑往心操碎，屋后庭前脚不闲。

其九

小事微情累到昏，辛酸苦楚用心吞。

床前坑上勤忙碌，默默操劳报主恩。

其十

手巧心勤忙活计，谦和善让众人夸。

谁言苦累容颜毁，似李如桃俏媚花。

咏贾探春（二首）

其一

童颜雅趣显英豪，豆蔻年华笔似刀。

恨嫁缘何嫌地远，家和国泰任天高。

其二

礼制纲常囚屋院，箍枷束缚倚窗门。

有朝一日红颜怒，尽使妖邪抖颤魂。

咏贾惜春（三首）

其一

东风夜放映红姝，鸟语花香入画图。

绣女荣华终肃尽，凄凉古刹烛灯孤。

其二

转望残荷心彻悟，缁衣顿改入空门。

夭桃杏蕊全能舍，愿把花红染素屏。

其三

一双纤手画容妆，三寸金莲度路长。

目秀眉清容貌美，明眸皓齿笑含香。

咏王熙凤

心机费尽示聪明，掌控身家出入行。

欲壑难填倾大厦，奸魂陨落等于零。

咏妙玉（六首）

其一

连珠妙语令人钦，似玉如花隐世荫。

古刹青灯尘不染，金兰被辱断回音。

其二

愤世嫌尘弃脂膏，才情满腹品行高。

潜心默念慈良谱，仰望星天折柳绦。

其三

离乡背井苦修行，松翠梅红不与争。

善字当头心诵念，虔诚打坐到三更。

其四

自赏孤芳情本真，精明天赐满经纶。

红尘险恶关门户，避俗甘为槛外人。

其五

避世藏身枕翠庵，青灯和月景曾谙。

红梅傲骨情方圣，雅洁金兰陷浊潭。

其六

经为善道苦中求，崇尚公平志未酬。

为保清纯修铁槛，平生最爱土馒头。

咏鸳鸯（六首）

其一

体正心纯守赤贫，金银过手未沾唇。
为人自爱情高洁，不义之财粪土尘。

其二

娟秀红颜体态丰，天真烂漫趣香浓。
姑娘一曲牙牌令，主子三生笑语重。

其三

山花绽放遭虫猎，不畏冰霜何惧冬。
热血忠心还本色，芳华殉主有谁疼？

其四

红装绚烂惹狼馋，疾恶如仇终不缄。

雨打莲荷泥不染，悲歌唱彻泪盈衫。

其五

超然正气血方刚，不畏强权泪染妆。

恪守奴家之本分，心灵佼美自芬芳。

其六

心存友爱勇担当，应变随机稳四方。

笑动春光眸有趣，花开雪地扫寒霜。

咏薛宝琴（二首）

其一

童颜足迹遍西东，怀古华章见内功。

牛犊初生何畏虎，冰封雪压俏梅红。

其二

秀美山河任汝行，名川胜迹入诗情。

才华不负花年少，正是孩时意趣宏。

咏香菱（十首）

其一

嫩叶初生遭雪打，新枝陨落被风残。

芳华历尽流年苦，梦里何方可御寒？

其二

山高路远顶箍枷，骨肉亲人万丈涯。

亏遇宝钗当姐妹，心灵慰藉度年华。

其三

缠书忘食几多辛，落日灯光映晓晨。

锁闭庭楣凝苦脸，灵才不负有心人。

其四

英莲本落双亲掌，背上童年比蜜甘。
只恨当初遭霍启，千行血泪漫天坍。

其五

荷花俏丽任风寒，嫩叶新枝被雪残。
圭木阴凶埋翠碧，香魂泪尽剩空盘。

其六

雅伴诗书倚烛旁，凭栏靠柱咏华章。
生来一点眉心记，气韵芬芳涌暗香。

其七

粉黛庭前映彩霞，吟诗唱曲醉天涯。
心中有悟思喷发，腹有情抒气自华。

其八

菱花艳美被霜凌，幼兔温柔遇老鹰。

苦命英莲遭暴打，仙魂殒逝剩枯灯。

其九

英莲落地爹娘笑，娇女贪玩背上攀。

父母一腔遗女泪，香菱两世也难还。

其十

娇颜傲骨喜求知，不恋新妆就爱诗。

心醉神迷工韵律，呆呆愣愣为书痴。

咏贾元春

满腹经纶入玉阙，宫廷险恶恨相残。

严霜刺骨芳魂尽，覆蹈天高不胜寒。

有感于黛玉葬花

泣葬桃芳悲李杏，何如仰首享香浓。

落红化作荣春雨，他季花开更动容。

咏贾迎春（二首）

其一

迎春翠柳运偏艰，雪压冰残遍体斑。

恶父淫夫施罪过，含苞未放弃人寰。

其二

童年母逝惹人怜，姐妹园中爱意绵。

可恨亲爹常作恶，竟拿娇女去还钱。

咏平儿（二首）

其一

平生自律厌纷争，总把干戈化共赢。

护主常施行正道，忠心赤胆为家荣。

其二

奴欺主病起纷争，代主行权把乱平。

智慧超群全满府，贤淑出众固宁荣。

咏李纨

今生末世入贞坛，夜伴寒风着凤冠。

苦度青春多寂寞，残灯夕照育儿兰。

咏史湘云（二首）

其一

醉卧花丛揽蜜蜂，先天嬉闹性情冲。

童颜泪染双亲故，痛失夫君运入冬。

其二

慈眉善目俏多多，放纵豪情口似戈。

俐齿伶牙难说二，开腔便是爱哥哥。

咏邢岫烟（四首）

其一

篱檐客舍几多辛，空谷幽兰典布巾。

傲雪凌霜风骨俏，知书识礼乐安贫。

其二

家道衰微已数春，粗衣陋室入凡尘。

休言小女攀权贵，只用诗书照后人。

其三

艰辛家道布衣单，寄寓他乡日子寒。

纵有诗才难暖饱，梅遭雪压覆琅玕。

其四

寒贫傲骨显情怀，小女生来不爱钗。

雅气超群迷妙玉，莲荷何惧入清斋。

咏秦可卿

养眼奢华日子难，心中有苦泪珠寒。

为人友善遭天妒，蕾嫩花红被雪残。

咏尤三姐（二首）

其一

草弱难生逢苦雨，枝新易断遇狂风。

忠贞不贰遭人误，剑下鸳鸯落叶枫。

其二

春风溪水杏花绵，并蒂红莲爱意缠。

被弃衷肠喷烈火，盟婚信物向天悬。

咏尤二姐

佳人乱世路难安，己命他为为哪般？

不破阴谋强咽泪，心纯总被恶相残。

咏紫鹃

忠诚为主伴情深，默默操劳汗满襟。

举止行为含智慧，无微不至奉殷心。

五美吟（五首）
——依次步林黛玉《五美吟》韵

袭人

愚笨憨儿本姓花，双亲卖汝救全家。

亏逢苦累夫人识，愿用辛劳换匹纱。

香菱

怨海仇天起恶风，英莲泪血湿眸瞳。

人间一世三生苦，尽落奸人魔掌中。

邢岫烟

素菊何曾惦记宫，茅檐陋室翼鸿同。

贫寒岁月坚心志，耕织书诗秀女红。

妙玉

避世凡尘把利抛，鲜衣素裹也妖娆。

清心寡欲修情性，背靠红梅慰寂寥。

鸳鸯

姣美芳容意趣殊，红颜薄命恨穷途。

悬梁不与豺狼去，羞死贪婪千万夫。

说明：本《五美吟》只是步林黛玉的《五美吟》韵，和黛玉《五美吟》中的人物性格命运没有任何关系。特此说明。

诗咏大观园结诗社（十三首）

其一

万艳娱情乐过天，千红趣雅展诗笺。

从来女子无才是，贾府巾钗咏百篇。

其二

春梅绽放满园栽，踏雪骑冰对雁开。

万艳同杯人自羡，千红一窟秀诗台。

其三

斟词酌句诉衷肠，韵律悠扬气自昂。

万水邀朋弹锦瑟，千山会友唱华章。

其四

咏柳吟梅论仄平，含欢吐笑诉衷情。

诗甜趣雅随心唱，妙语连珠众共鸣。

其五

花红草绿染朝晖，引领群蜂振翅归。

伫立亭栏挥彩笔，描摹蕊放雁高飞。

其六

桃梅李杏绣芳芬，香阵冲天托曙昕。

腹有诗书情似海，胸怀念想趣如云。

其七

芙蓉绽放起开端，万艳千红耀杏坛。

云淡天高飘笑语，山清水秀唱诗欢。

其八

春潮涌入醒花魂，伴燕随风叩院门。

把酒桃源书意趣，诗思狂涌举金樽。

其九

筑梦诗情挽手来，吟梅咏菊抢登台。

桃香李艳花争发，燕唱鹂鸣彩翼开。

其十

追蜂撵蝶舞巾纱，胜火朝阳挂彩霞。

沥血劳心吟菊韵，言随肺腑吐莲花。

其十一

千红万紫百花开，五彩缤纷缀满腮。

赞颂春来诗锦绣，谁人识是众儿孩。

其十二

桃鲜李艳杏芬芳，漫卷东风醉白杨。

柳下梅旁吟秀口，竹林亭阁唱华章。

其十三

五岳三山聚贾家，诗词唱和共芳华。

晨风扑面丝丝雨，落日余晖片片霞。

为什么不让
——有感于宝黛爱情而问曹雪芹

多情自古几多忧，白让今生泪白流。

比翼连枝心与共，搀扶一世有何愁？

大观园诗会集句

　　——有感于第五十回芦雪庭争联即景诗，今借此五言排律中的四句，在前面各加二字组成一首七言绝句，以向作者和读者致敬！——本诗中括号内人名为本句后五字作者。

悦耳谁家碧玉箫（宝钗）？催生匝地惜琼瑶（香菱）。

群钗欲志今朝乐（李纨），把酒凭诗祝舜尧（李绮）。

香菱学诗

慕雅园中不畏疲，含辛伴烛苦吟诗。

勤能补拙为天道，汗灌红花满竹篱。

"钗黛"进京都（二首）

其一

宝姐生来万事通，逢源左右抚西东。

心高苦逐才人梦，命薄终究一场空。

其二

娇鼙自小身单薄，痛失双亲泪满河。

纵有诗才难抵独，投怀姥祖又如何？